KB105863

그 빛을 찾아

그 빛을 찾아

발행일 2022년 11월 7일

지은이 이기동
펴낸이 손형국
펴낸곳 (주)북랩
편집인 선일영
편집 정두철, 배진용, 김현아, 류휘석, 김가람
디자인 이현수, 김민하, 김영주, 안유경
제작 박기성, 황동현, 구성우, 권태련
마케팅 김회란, 박진관
출판등록 2004. 12. 1(제2012-000051호)
주소 서울특별시 금천구 가산디지털 1로 168, 우림라이온스밸리 B동 B113~114호, C동 B101호
홈페이지 www.book.co.kr
전화번호 (02)2026-5777
팩스 (02)3159-9637

ISBN 979-11-6836-571-1 03810 (종이책)
979-11-6836-572-8 05810 (전자책)

이기동 시집

그 빛을 찾아

마음에 새긴
어린 시절의 편린

북랩

시인의 말

시(詩)란?

言(말씀 언)과 寺(절 사)가 하나 된 것이다.

언어로 기초를 닦고 언어로 한 땀 함 땀 쌓아 언어로 집을 짓는 것이다.

"시는 말로 지은 집이다."라는 故 이어령 님의 말을 되새겨 본다.

엄마는 늘 아팠다.

"엄마, 많이 아파?", "……."

한때 세상의 모든 엄마가 다 아픈 줄 알았다.

아픔은 대화를 멈추게 한다.

생각이 깊어가는 아이가 되었다.

속으로 속삭이며 속삭이는 말(言)로 내 생각의 집을 지었다.

빛을 찾았다.

믿음이 무엇인지는 모르나 엄마의 하나님은 회복이라는 기적을 주셨다.

목숨 걸고 지킨 엄마의 신앙을 보면서 시나브로 나의 믿음이 쌓여 갔다.

그 빛을 찾아 꿈을 일으키며 떠난다.

꿈은 생각이 모여 빛이 되어 나타난다.

꿈을 나만 꾸면 의미가 없다.

내가 꿈꾸고 내가 꾼 꿈을 남에게 주어야 한다.

꿈 너머 꿈이 정말 꿈이다.

청년장교가 되어 전우에게, 부하들에게 꿈을 주고 나라에 꿈을 심는다.

아내에게, 두 딸에게, 사위들에게, 손녀들에게, 한우리 가족에게, 친척에게, 이웃에게, 친구에게 꿈을 드린다.

꿈은 Dream이다.

모두에게 "드림"… 아낌없이.

시(詩)는 동그라미다.

구르면 구를수록 응축된 부드러운 빛이 나타난다.

그 빛이 나를 만든다.

절대자의 은총 속에 호흡이 있을 때까지 내 삶을 정리하며 조금씩 동그란 언어의 집을 세운다.

2022년 10월, 살며 사랑하며

이기동

목차

제1부 봄, 어린 시절

제2부 마음에, 찍다

제3부 아름다운 날

제4부 시(詩)를 찾아서

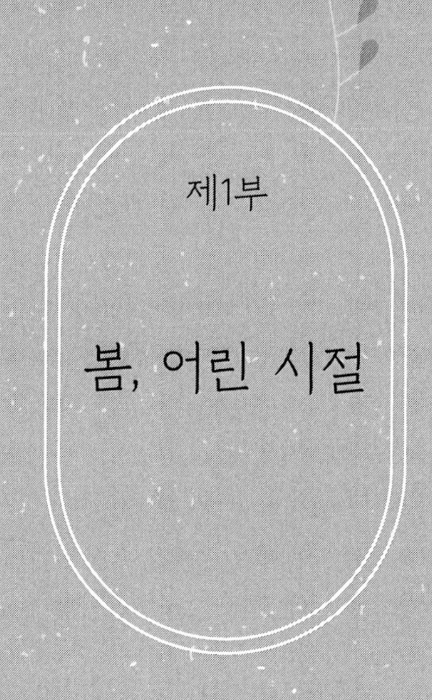

제1부

봄, 어린 시절

꿈

다가온 희망과 노래가

하늘 끝을 달리고

날아간 날개들이

다시 모여 나래 펴면

차가운 현실들이

다시 꿈 되어 하늘을 달린다.

대화

꿈속에서 본

영롱한 음율 타고

심장에 찾아온

삶의 흔적들

말소리 없어도

들려오고

자태의 흔들림 모른 채

아스라이 사라진

저 너머 시간

기다림이

입속에서 중얼거린다.

아침

그래 그 시간이었지
빛으로 눈뜨는 그 시간이었지
삶의 모서리에서 사라지는 꿈들
현실이 온몸을 덮는 그 시간
그때가 언제가 되었든지 좋다
그냥 아침이라고 부르면 된다
가볍든 무겁든 상쾌하든 힘들든
아침은 늘 일어선다
아침엔 늘 떠나야 한다
어둠의 아침과 빛의 아침 사이에서
부딪치며 소리 내는 아침의 꿈이 있다
시작을 알리는 아침의 노래가 있다
오늘도 각자에게 주어진 아침이
삶을 깨운다
그리고 떠나보내고 있다

그래 그 시간이었지

하나 되는 우리들의 아침이.

10월 (1)

머얼리 하늘가에 산과 구름이
맞닿아 있습니다
그 산과 구름을 잡지 못하는 것을
안타깝게 생각하며
다시 백설(白雪)을 맞아야 하는 시기에 놓여 있습니다
사랑, 행복, 우정은 흩어져
다시 모일 수 없는 시기에 놓여 있습니다

우수수 잎과 열매들이 잇달아 떨어집니다
그 잎과 열매를 갖지 못하는 것을
안타깝게 생각하며
다시 백설을 맞아야 하는 시기에 놓여 있습니다

고독, 슬픔, 괴롬은 모아져
다시 흩어지지 않고 모이는 시기에 놓여 있습니다

인간의 물결 따라 흐르는 세월
덧없이 갔습니다.
그 흐르는 세월을 잡지 못하는 것을
안타깝게 생각하며
다시 백설을 맞아야 하는 시기에 놓여 있습니다
종자, 꽃, 열매를 뿌리는 알찬 계획을 세우려고
다시 모여 서서 준비하는 시기에 놓여 있습니다.

〈1970.6.1.〉

10월 (2)

삶의 한 토막이 쓰러진 곳에
영원한 그리움이 있습니다
꿈같은 태고의 전설처럼
안타까운 미련의 한 가닥이
아우성칠 때
쓰라린 몸부림이 계속되고
어설픈 세월은
한 포기의 잊지 못할 사랑을
외면한 채
영원한 추억이 되고 있습니다

지난날의 내 아픔처럼
검붉은 해는 기울 듯 기울 듯
기울지 않고
서쪽 하늘에 머물며

방황의 길을 보여주고 있는데

이제는 아름다운 세계에 이끌리듯

매서운 입술에 무거운 슬픔을 안고

고독한 사람들이 살고 있다는

이정표 없는 암흑의 세계로 가고 있는 것입니다

그 휘몰아치는

내면의 침묵 사이로

열정의 의지를 가누지 못해

스스로 무너지며

내 마음이 울고 있습니다

이 고요한 울음의 부르짖음

시월의 나무와 하늘

깊이를 다할 줄 모르는

계절의 아우성에

몸도

마음도 머무른 채

마구 뻗어나가는

목숨의 희열을

알뜰히 보내고파 진다.

〈1974.10.3.〉

방황(彷徨)

포성이 멎은 지도 2년
궁(宮)에서 십 리 되는
어느 자그마한 동네에
천지의 빛을 받아
고고지성(孤孤之聲)을 터뜨리며
존재하여야 한다는 의미로 힘있게
삶의 영위를 지키는 동방의 땅

강산은 변하여
신세계를 창출(創出)하였지만
동방의 땅은 흔들리고 갈라져
고뇌의 장이 서서히 열리면서
영원한 파랑새를 찾아 헤메고
아름다운 강물 속을
그리워하는 고신(孤身)이 된 것입니다

루소, 로빈슨크루소의 고독을 생각하고
예수, 석가의 황야 방황과
설산의 고행을 생각하고
공자의 철환(轍環)을 생각한다

행복은 없습니다
높은 산에서 보아도 없고
푸른 물속을 보아도 없고
바닷가로 뛰어가 보아도 없고
붉은 장미가 피어있는 그 들에도 없고
꿈속에도 그것은 없습니다

행복을 찾아다니며
몸이 슬며시 쓰러지며
고열이 일어나

다시금 고신(孤身)을 맛보았습니다

천지의 빛을 받고

힘있게 존재하기 위해 태어났으나

이제는 고업(古業)이 되어 버리고

오직 풀 밑의 세계를 동경하는

고영(孤影)이 되어 버렸습니다.

〈1974.10.12.〉

식어가는 대지(大地)에서

방황하는 땅이여!

무엇을 노래하려고 하는가?

대지는 식어가고

인간의 물결은 굳어져 가는데

무엇을 찾으려고

거친 길을 나서는가?

인생의 길은 갈라지고

헤메다 지쳐 다시 일어설 줄 모르는

그 외로운 그림자

다시는 다시는 이 세상에

태어나지 않겠다고 벼르지만

아!

식어가는 대지 위에서는

어쩔 수 없는 일
살아있는 현재의 숨소리는
고뇌와 태어난 대가를
결재(決裁)하는 가계수표일 뿐

부(富)와 빈(貧)
부는 부를 따라
빈은 빈을 따라
그렇게 그 물결을 따라
정처 없이 떠난다
오직
이 식어가는 대지 위에서.

〈1974.10.27.〉

슬픈 설계도

여기에 믿음이 있었으니
거짓의 열매로 다가오고
사랑이 있었으나
증오의 자람이었고
우정이 있었으나
욕심의 산물로 떨어지고 말았다

슬프다
괴롭다
무겁다
아프다

내리고 흐르는 그것은

슬픔이라는 눈물일 뿐

아!

가슴에 떨어지는 슬픈 설계도.

<1975.7.31.>

일력(日歷)

부시시 잠을 깨어
마당에 나선다

아!
오늘도 하루가 시작되는구나
역사(歷史)의 혼탁한
소용돌이 속에서
인생을 쳇바퀴 돌 듯
살아 온 무리들

많은 인간 사이에서
너와 나는 인생을 주제로
고민, 번민, 사색
그리고 방황을 그려보며
애증의 갈래를 풀려고 몸부림친다

오늘도 고통, 탄식, 고독 속에서
또 하루를 지나려나 보다
당장이라도 뿌리치고 싶은 심정이지만
인간의 영화(榮華)를 깨뜨리고 싶지 않아
이제 그 썩은 무리를 향해
행복을 위한 사랑의 주파수를 던졌다

이윽고 오늘이, 하루가 지나가고 있다
어제를 위한 오늘이었던가?
오늘을 위한 오늘이었던가?
내일을 위한 오늘이었던가?

아!
오늘도
역사는
흐르고 있다.

어머니

수탉이 아침을 열 때
부엌에서 울려 퍼지는
듣기 좋은 행복의 소리
조그만 방 안에 있는
난
눈 앞에 아른거리는
그 소리를 잡으려고
벌떡 일어나
창문을 열고
여명으로 빛나는 구름 속에
어머니를 그린다

신산고초를 겪으면서도

웃음과 유머는 종횡무진

그러나

수척하신 얼굴과 깊은 삶은

애환을 부르고

가늘게 많은 주름살을 볼 때마다

내마음 깊은 곳에서는

눈물의 강이 흐르고 있다

엄~~마!

불러본다

아!

깊은 사랑이어라.

외할머니

기억의 가장자리에서
겨우 살아있는
외할머니

눈 많았던 겨울
고구마 구워 주던
외할머니

엄마가 아파 자리에 없을 때
빈 곳을 채우며 달래주던
외할머니

돌아가셨다는 소식을 듣고
별다른 의미를
갖지 못했던
외할머니

너무 어린 나에게는
기억의 변두리에서
어설프게 자리 잡은
외할머니.

소나무

-악동 시절에

사방공사하고 나무를 죽 심어 놓았다
뿌리가 내리기도 전에
나무 타고 타잔이 되어 본다
찢기고 부러지고 뽑힌 나무들
안중에도 없고 노는 게 더 즐겁다
잘라다 새총 만들고
불장난 쏘시개로 쓰고
다음 해 다시 심긴 나무도 또 그랬다
그래도 살아남은 건 멋진 자태를 뽐낸다
그런 소나무가 문득 그립다
그 악동 시절 놀아준 친구
고맙다 소나무야
늦게서야 너를 향해
편지를 쓴다.

소리 없이

나 보라는 듯

무궁한 자태가

소소한 것들

나뒹굴어도

무념무상으로 넘기고

소신 있게

나서지 않아도 듬직한

무한한 가치의 너.

겨울 밤

-그 어릴 적에

넷이서 한 이불 깔고 덮고

낮 동안 흩어졌던 이야기 모아서

도란도란 티격태격

이야기는 모였다 흩어지는데

아버지는 집을 잊으셨는지

아버지보단 아버지 손이 더 그리운데

멀리서는 "메밀묵 사려- 찹쌀떡"

밤은 깊어가고

흰 눈보다 더 그리운 먹을 것

졸리며 비비며 기다리던 아버지 손

따뜻한 아랫목에 온몸을 맡기고

겨울을 보낸다

그 어릴 적에.

기다림

-악동 시절에

문틈으로 스며드는 바람
봄 내음은 나지만
아직은 차가움이 묻어 있다
문풍지 떨림은
마음도 떨게 한다
나가 놀기에는 왠지
마음이 앞서지 않는다
가까스로 양지바른 담장 밑에
쪼그려 앉아
반질반질해진 소매 끝에
차가운 콧물만 적신다
바람이 따스한 봄을 기다리며
엄마의 웃음을 기다리며.

아침

-어린 날 아침에

달그락달그락

그릇과 함께 어우러지는

은혜의 음률

나지막하게 들려오는 찬송

새벽을 깨운 기도

아침의 사랑

변함없이 하루 첫 시간을

절대 주에게 드린 엄마

정성의 간절함

노래로 만들어진 아침은

참 맛있었다

그 어린 날 아침이.

고무줄 놀이

흙바닥 닦아내고 검정 두 줄 걸쳐놓고
손바닥 뒤집으며 내 편 네 편 갈라놓고
와! 먼저 팔짝 뛰며 "나가자 나가 승리의 길로"

실수할까 조마조마 발끝 손끝 근질근질
틀리기를 기다리는 불꽃 튀는 눈동자들
사뿐히 올라가며 "이름도 아름다워 금강이라네"

죽었다 합창 속에 탄식하며 입술 삐죽
다시 할 때 잘해야지 옹기종기 쳐다볼 때
밥 먹어라 불러도 "우리들은 무궁화다"

봄, 어린시절

아이들이 크게 웃는다

옷들이 밝게 뛰논다

골목이 시끄럽다

거적떼기 집어던져 태운다

노랑 분홍이 어울린다 춤춘다

따스한 바람이 마음을 달군다

양지바른 곳에 졸음이 머문다

파르스름한 눈이 눈을 뜬다

꿈이 포로롱 하늘을 난다

두툼한 옷들이 헤엄을 친다

하늘이 노래한다 그래서

봄엔 나들이 가면서 흥흥거린다

우리들의 봄이다.

고향

자, 동심을 갖고 이야기 나누자
마주 잡고 부딪칠 손바닥은 없지만
실핏줄 정이 연연히 깔린 지 스무 해다
할아범 어깨 쑤시면
무척이나 숨차던 흙탕길이
회색 화장을 하고 마중 나온 것을 보니
많은 허물을 벗은 일이나
고구마 나눠 먹고 빼앗아 먹고
동방삭이 동방삭이 부르며
신나게 구르던 산소 자리에
삼천갑자 높은 집의 늙은 동방삭이를 만난 일도 좋다
딩동 딩동 소리 없이 드나들던 판자 대문이
갑옷을 입고 있어 화들짝 놀라며 돌아서니
벌판에 홀로 앉아있던 이 척 단신 학교가
살도 찌고 키도 커서 안아주기 힘들게 됐다

잠자리 꽁지 잡으며 놀던 악동들아

땅따먹기 돌치기 자치기 놀이에 해 지는 줄 몰랐잖니

잊히지 않는 놀이들이 세월에 묻혀

보도블록 밑에서 울고 있단다

울고 있는 아이를 업은 여인네는

같이 살기로 약속한 악동 시절의 약속을 잊고

먼저 삶의 정위치에서

적당히 살찐 몸으로 잘 적응하고 있으니

무슨 걱정이 있을까

두, 성, 호, 팔, 각, 정, 억

도둑잡기 놀이로 밤을 귀찮게 하며

돌아다닌 놈들

이젠 어쩔 수 없이 착한 도둑이 되어

꼼짝없이 잘 살고 있겠지

뒷집에 소탈하던 아저씨는
세파에 찌들어
억지 미소를 지어내는 인형의 모습으로 보인다
그놈의 세월
어쩔 수 없는가 보다
세월 따라 흘러가 양은 줄었지만
그래도 말초신경을 자극하기엔
작지 않은 큰 샘물이 마음을 편케 한다

마음대로 생긴 곳곳의 텃밭에서만큼은
진한 향수의 맛이 우러나오니 다행이야
옛 맛의 뿌리
새 맛의 열매가 어울린 곳
끝없는 이야기로 밤을 보내고
여명의 길을 떠난다.

마당

버려진 고향집 마당을 밟는다.

쓸쓸한 고요가 온갖 잡초를 불러 황망하다.

누군가 펴다 놓은 어둠의 잔재들이 지나온 가시덤불을 말해 주는듯하다.

삶은 시작과 끝을 모른 채 늘 마지막이라는 이정표를 남긴다.

마지막, 마당과 이별을 고할 때 오랜 친구였던 메리와 케리[1]가 주는 꼬리의 기쁨이 아른거린다.

언제였던가, 뜨거운 여름이 시작되던 때.

태양이 마당을 달굴 대로 달구어도 어두침침한 방 안에서 병마와 싸우던 엄마의 마당은 늘 휘청거렸다.

침묵의 그늘은 소년의 주위를 맴돌았고 마당은 조용한 울음을 꾸역꾸역 삼켰다.

학교에서 돌아오면 교복을 빨고 숙제를 하는 동안 마당은 강아지와 함께 조용히 기다렸다.

악동들과의 땅따먹기, 구슬치기, 자치기, 오징어게임으로 시끌벅적할 때면 마당도 이리 뛰고 저리 뛰고 숨 가쁜 시간을 보냈다.

월사금(月謝金)[2]이 주는 아픔에 등 떠밀려 오면 마당은 풀이 죽은 두 다리를 촉촉이 안아주었다.

마당에 수도가 놓이던 날, 마당은 물에 흠뻑 젖었고 가슴은 벅찬 눈물로 흠뻑 젖었다.

겨울이 오면 뒤집어쓰던 냉수와 열을 내던 마찰에 마당은 숨을 죽이며 봄을 기다리고 있었다.

아버지의 시계가 거꾸로 돌 때였던가

소년은 사춘기 속으로 모든 게 내던져지고 꿈을 찾지 못하는 격한 슬픔 속에서 사랑으로 가꾸었던 향나무가 큰 구덩이를 남기고 사라지고 말았을 때, 마당은 끝내 자신의 몸까지 내어주고 눈물을 떨구었다.

슬픈 단어를 나열할 수 없도록 부서진 삶의 한복판에

서 꿈을 찾으려는 발버둥에 슬픔을 도려낸 마당은 깊은 상처를 남겼다.

반복된 헛됨의 옷을 걸치고 방황의 길을 돌다가 오면 마당은 휴식의 기도가 되어 두 손을 모아주곤 했다.

마당이 품을 수 없는 묵은 관념들이 켜켜이 쌓여가고 있었다.

아버지의 시계는 멈추고 마당의 시간이 흐르다 한순간,

허섭스레기만 남았을 때 마당은 눈물도 마르고 검버섯 되어 짙은 그늘이 되어 있었다.

발밑에 드러나는 허연 벌판에 마당은 하늘을 끌어당기며 교회 종소리와 가랑잎 하나로 몸을 덮어 주었다.

규칙과 불규칙의 경계가 사라지고 가슴 벅찬 빛이 숨가쁜 빛이 되어 쌓일 때 마당은 해거름 속으로 걸어 들어갔다.

날카로운 시간들이 깔리며 마당이 들을 수 있는 소리는

'떠나라'는 단말마의 외침.

생각이 목에서 목숨까지 차오르고 어둠이 어둠을 밀어낼 때 마당은 조금씩 이별의 아침을 어루만지고 있었다.

흔적을 남기지 않는 고요가 발끝에 머문다.

지나간 모든 일들을 잊은 듯 마당은 말이 없다.

마른 잡초가 바람을 타고 눈을 찌른다.

눈물 속에 아른거리는 모든 것은 다 어디로 갔을까

마당은 못다 핀 시간의 언저리를 돌며 잉걸불 연기되어 사라진다

마당을 뒤엎을 차디찬 마찰음은 점점 다가오는데

마당은 그리움의 울림을 잊었는가?

[1] 메리와 케리: 어릴 때 키우던 강아지 이름

[2] 월사금(月謝金): 매달 학교에 내던 돈

물음표

둥글게 돌다
쭉 뻗어 내려오더니
멈추며
점으로 남긴 것
사는 것에는
온통 궁금한 것이 꽉 차 있다
둥근 직선 끝에 떨어진
하나의 점처럼.

비 오는 날

뚝!

빛은 사라지고 이내 온누리에

어스름한 기운이

나를 감싼다

많은 대화는 비 오듯

이 세상에 터져 나오고

터져 나온 대화는 삶의 아비규환 속에서

허덕거리며 서서히

땅속으로 스며들고

줄을 잡고 생명을 유지하는 군상들

그것은 가련한 곤충과도 같고

미련한 동물과도 같다

불의와 벗 삼은 인생들아
빗물로 씻어 없애 줄까
그러나 비는 비이기에
청소부가 되지 못함이 안타깝구나

삶의 애환 속에서
애련(愛戀)에 휩싸이지 않고
오직 나의 길
나의 길만 찾아간다면
너무 무정한 인간일까

내려라 비야
씻어라 빗물아
내 목숨이 모든 악을 물리칠 수 있다면
기꺼이 나의 육신을 던지리라

비야 내려라

주룩주룩 주루룩 주루룩

투명한 희망을 만들어다오

新世界의 발자국을 남길 수 있도록

대지를 흠뻑 적셔다오

빗물 속에 있는

깊고 깊은

사랑을 본다.

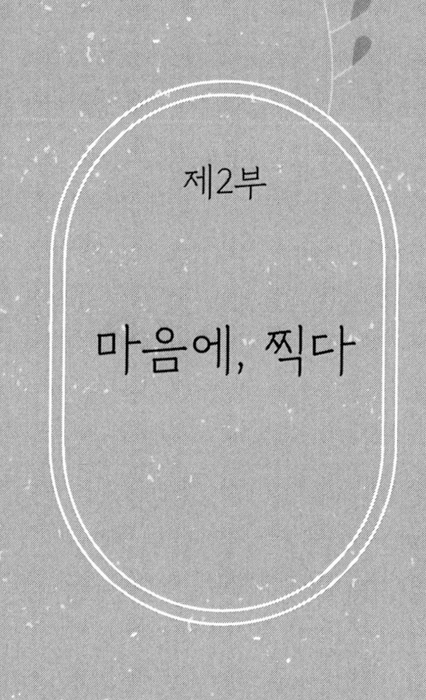

제2부

마음에, 찍다

마음에, 찍다

느릿느릿 들어와 조용히 앉아
이어지는 그리움은
사랑 가득히
대화는 새겨지고
꿈은 물들어
다가오는 설레임
마음에, 찍다

잠시 왔다 사라지는 넌
생각 끝에 머물다
물음표로 물어보는
사랑하는 마음아
마음에, 찍다

지나온 마주침에

따스한 발길

오늘도 생각 속엔

사랑 가득히

모습은 담기고

기쁨 수놓아

잊지 못할 추억들

마음에, 찍다.

꽃

꽃이 피었습니다.

귀하고 아름다운 사랑의 꽃이 피었습니다.

모두에게 사랑을 주는 꽃입니다.

억압을 극복한 빛나는 꽃입니다.

전쟁을 이긴 승리의 꽃입니다.

피난을 극복한 인내의 꽃입니다.

가난을 물리친 환한 꽃입니다.

불신을 걷어낸 믿음의 꽃입니다.

모든 어려움을 이긴 귀한 꽃입니다.

사랑으로 승리한 고귀한 꽃입니다.

한없는 은혜를 간직한 꽃입니다.

너그러움이 넘치는 꽃입니다.

십자가를 지고 이겨온 꽃입니다.

늘 강한 믿음으로 살아온 꽃입니다.

희생으로 행복을 만든 꽃입니다.

영원히 빛나는 귀하고 귀한 꽃입니다.

당신은 늘 아름다운 꽃입니다.

당신을 사랑합니다.

〈어머니 81회 생신을 축하하며〉

지혜롭고 착한 소녀여

『맑고 환한 노래소리 몸짓 따라 날아가면
웃음소리 만발하며 쏟아지는 은하수 꽃
지혜롭고 어진 소녀 가슴에 핀 생일 열매』

상큼한 미소로 하루를 열면
봄은 여느 때보다도 일찍
우리 방안에서 꽃을 피운다
흰 눈보다 더 하얀 웃음이 온몸을 감싸고
사랑으로 노래하며 열정을 불태울 때
하늘에서 쏟아지는 꿈을 본단다
어진 마음속에 담겨있는
굳건한 인내와 온유함
그리고 배려와 넉넉한 마음
그래서 언제나 찬란한 별빛이 쏟아지는구나
사랑한다 사랑한다

예쁘게 아름답게 영육으로 성숙하게
풍성한 열매 맺어가며
늘 새롭게 변화되어가는 모습이 대견하다
한 걸음씩 천천히 그리고 바르게
내일의 꿈을 위해
오늘을 열심히 뛰는 모습에 감동한다
지금까지 달려온 길보다
더 많이 뛰어가야 할 길
너를 위해 모두가 같이하기에
행복한 길이 되리라
주님의 마음 늘 품으며 착하고 지혜롭게
오늘을 열자
사랑을 담아 진심으로 축하한다.

〈작은딸 지현, 18번째 생일을 축하하며〉

그대는 나의 나무입니다

_ 이지현

그대는 나의 나무입니다.

늘 그 자리 묵묵히 서 있는

그대는 나의 나무입니다.

어떤 비바람에도 조금의 흔들림 없이

오히려 거세게 몰아치는 그대가

때론 두렵고 크게만 보였습니다.

하지만 점점 그대와 시선이 맞으면서

그제서야 그대의 바람에 흔들리는 초록빛 물결과 세월의 흐름 속에서 바랜 잎들을 보게 되었습니다.

여전히 그대는 나의 등대이며 나침반입니다.
언제든 쉴 수 있는 쉼터입니다.

나의 나무는 언젠가 그대처럼 무성해지고
단단해질 수 있겠죠?

아직은 가지가 자라고 잎이 돋아나고
금방이라도 부러질 것만 같은 온전치 못한 모습이지만
나도 언젠가 그대처럼 사람들에게 힘이 되는
그런 든든한 나무가 되고 싶습니다.

그대의 나무에 사랑이라는 열매가
탐스럽게 익어갑니다.

〈아빠 회갑축하시, 작은딸. 2015.10.31.〉

아내

1. 아내의 아침

새벽이 주는 깊은 기도를 마치고
새로운 일상으로 오면
먼저 막내를 깨우는 것으로
아침을 맞는다
또 실랑이 끝에
누가 세수를 하는지 모르지만
물이 얼굴을 씻기며
식탁은 북적댄다
이런저런 요구로
부산히 움직이는 아침에
아내의 손길이 보석처럼 귀하다.

2. 아내의 향기

깊은 대화 속에서

삶을 풀어가는 지혜 속에서

빨래를 널고 개고 정리하는 속에서

딸 둘을 양육하는 속에서

이웃과의 따스한 사귐 속에서

깊은 밤… 아내의 보드란 마음속에서

엄마의 체취와 고향을 느낄 수 있다

정말 울 엄마인 듯 착각에 빠져 잠든다.

3. 아쉬운 사랑

헤어지기 싫어

뒤돌아보고 또 돌아보고

손 흔들다 다시 돌아보고

편지 쓰고 다시 쓰고

서로 손잡고 아쉬워 눈맞추며

이야기에 통금시간 지나 어쩔 줄 모르고

두꺼운 노트에 글쓰고…

그림 그리고… 사랑 채워서

마음을 전해도 부족한 사랑

안타까움에 아파하던 시간

짜릿한 떨림에 고개 숙이고

침묵의 사랑 나누며

하나 되기를 고대하던 시간 시간들

연애 시절의… 그 아가씨

영원한 동반자

나의 아내.

4. 아내의 기도

매일의 삶에 감사하며 감사의 기도

두 딸을 위한 축복의 기도

고난과 고통의 순간에도 이길 힘을 달라는 금식 기도

하나님의 영광을 위해 목적을 이루기 위한 작정 기도

가정 예배를 통한 화목의 기도

부모님들을 위한 공경의 기도

남편의 일을 위한 승리의 기도

이웃을 위한 사랑의 기도

정작 자신을 잊고 남을 위한 그녀의 기도

아내의 기도로 가족의 사랑은 더욱 영글어 간다.

5. 겨자씨 아내

아주 작은 관심에 크게 감동하고

조그마한 배려에 따스한 사랑을 보내고

속상함을 내면으로 삭이면서 기다려 주고

불화를 화목으로 바꾸려는 깊음이 있고

남을 배려하려는 섬김이 있고

이웃사랑과 가족사랑 그리고

하나님 사랑의 실천의 노력이

오늘도 삶에서 겨자씨 되어 뿌려지는 여인

아내

그리고 아내사랑.

6. 엄마와 아내

내 엄마와 함박웃음 터트리며

무슨 이야기가 그리 즐거운지

밤이 깊어 가는데

대화의 끝은 안 보이고

엄마 찾는 막내는

내 품에서 자는데

애들 엄마와 내 엄마가 빚어내는

평안의 노래로

풍요로운 잠 속에 빠져든다

그 언젠가의 날.

7. 아내는 영원한 친구

모두가 그렇듯이
혼자는 갈 수 없기에
더불어 같이 가는 친구가 있다
고난 슬픔 고통같이 나누면 반으로 줄고
행복 평화 사랑같이 나누면 두 배로 늘고
내일의 꿈을 안고
서로 한 곳을 바라보며
한 길을 간다
아내는 영원한 친구.

8. 아내와의 대화

더욱 어우러지는 은하수의 자태
그 시간 속에서
서로 차 한 잔 마주놓고
이런저런 대화하다 보면
어느덧
길어진 대화의 꼬리는
끝을 모른다
잠자리로 이어진 대화의 광장엔
밤의 깊이를 더욱 깊게 하는
짜릿함이 스며든다.

9. 가장 존귀한 이름… 아내

자신의 존재를 잃어버린 듯
오직 가족을 위해
새벽부터 밤 늦게까지
부지런히 움직이는 심신의 여로
자신의 아픔보다
가족의 건강을 위해
염려하는 고단의 삶
열정으로 가정을 지키는
세상에 가장 존귀한 이름, 아내.

10. 변함 없는 아내

아가의 절대적 분신

내심에 꽉 찬 헌신적 사랑

아픔이 주는 삶에도

내면으로 이기는 삶의 고단

아침부터 밤 늦게까지 가족사랑

내 몸 돌보지 않는 아가페 사랑

아무도 그를 나무랄 수 없다

내가 나 아닌 것처럼 뜨거운 열정으로

아내는 오늘도 앞서서 달린다.

이루리, 천성에서 다시 만나자

이 세상 어느 곳에서도
루리를 볼 수 없다는
리얼한 현실이 너무도 싫다
천국에 소망을 품고
성스러운 믿음을 갖고 산다지만
에워싸는 그리움과 사랑의 마음이
서글픔 되어 자꾸자꾸 밀려온다
다시 만나 얼싸안고 싶은데
시계는 앞으로만 갈 뿐 되돌릴 수 없어
만남은 현실이 아닌 저 천성에서만 되니
나 지금 엎드려 통곡의 기도만 할 뿐
자! 우리 다시 볼 때까지 영혼의 사랑 나누자.

사내 나이 마흔

새로운 시절 지금부터
봄빛 아롱진 성숙한 꽃노래
마음으로 펴지는가
육체엔
풍요한 홍분으로 가득
불어나는 삶의 여유들은
새롬으로 총총
사랑은
동반자의 삶 속에서
원숙한 홍분으로 말하고
다시 시작되는 노래는
삶의 여정을 추억으로 수 놓으며
순간 일어나는
아픔과 열매에 벌떡 일어서는
사내 나이 마흔.

가시내

-아픈 역사를 읽고

가짜 사나이의 애환 담아
시냇물 속에 눈물 감추고
내 가슴 열어 담아둔 슬픈 역사

가슴 아린 눈물 덩그렁
시간 흐름 속에 너를 안고
내 가진 모든 것 하늘에 풍덩

가을 하늘 외기러기 되어
시대의 아픔 잊지 않으리
내 사랑 가시내야.

친구여

파란 꿈 영글어 가는 뜨거운 시절
벌거벗은 그대로
주고받는 이야기들
익어가는 노래들
비몽사몽간에서도
진리만이 살아 숨 쉰다

당황한 꿈부터
살기 위한 몸부림까지
남김없이 소화하며
철저히 동화(同化)되어 간다
생활을 노래하며
고생을 이야기하며
차곡차곡 쌓아 올라가는 동안
숨소리까지도 하나가 된다.

-졸라맨 허리띠가 뱉어낸 그 고통이 삶을 멈추게 한다-

냉정하게 변한 차가운 세월 속에

잊힌 얼굴로

너의 세월을 달리고

나의 세월을 달리며

더듬는 추억 속에 아쉬움을 만든다

열정을 수놓은

너와 나의 새로운 파도를 타고

행복이 주는 멜로디를 들으며

사랑이 주는 숨결을 나눌 때

모든 것을 이기는 희망이 솟는다

숨,

멎는듯한 절박감에

긴 한숨-

아! 화마가 덮친 곳에

엉클어진 삶이 주는

어두운 그림자를 넘지 못하고

친구여!

너 먼저 천국으로 가 버렸구나

앞을 가리는 짙은 안개가

더욱 볼 수 없게 하는구나

꿈길에서 만나는 친구여

오늘 밤도 너의 긴 그림자를

기다리고 기다리며

또 기다린다.

연인

손끝에 머무는 따스함

코끝에 다가온 사랑

동그란 입술에 퍼지는 미소

갈색 눈동자가

심장을 일순 멈추게 하고

떨리는 가슴을 녹이며

깊은 포옹

뜨거운 입맞춤한다

쏟아지는 하얀 그리움들

촉촉이 쌓이면서 기다림을 만든다

열애에 물든

연인을 기다리며

미스터 브라운 블랙

그 따스한 연인과의 가벼운 입맞춤은

시나브로 목을 타고 온몸으로

사랑 되어 퍼지면

열정의 러브 하모니

파문을 이루고

연인과 연인 사이에서

난,

행복의 나래로 “훨훨”

모두 나의 사랑.

한우리

이 세상을 밝게 비춰주는

해가 장엄하게

동쪽에서 솟아오르면

문을 활짝 열어

순수한 모습으로

자식들을 반기시는 어머님

상부상조의 깊은 우애와

진실된 삶 속에서

정으로 똘똘 뭉쳐진

숙성된 한우리 사랑

기쁨과 즐거움이 어우러진

동고동락 같이하며

미래를 개척하는

자신에 찬 의지와

상호간 섬김과 사랑으로 뭉쳐

운명을 극복하면서

정상을 향해 달린다

혜안의 밝은 미소를 머금고

창연히 펼쳐지는 내일을 향해

곡식을 거두는 풍요함으로

미래를 연다

옥구슬보다 더욱

지고지순하게 오늘을 살면서

혜성처럼 빛을 밝힌다

숙명이기를 거부하며

진리를 사랑하면서

예의를 갖춘 바른생활 속에서

진솔한 삶의 향기가 넘친다

건강한 모습으로

희로애락을 같이하며

혜심의 따뜻함을 품고

인내로 자신을 다듬으며

지성과 감성이 하나 되는

현숙하고 찬란한 모습으로

지상 최대의 행복을

원 없이 갈구하기에

세상의 고난을 이기며

희망의 날개를 펴고 힘차게

전진하는 한우리 가족 만세!

자전거

너 그리고 나
힘 모아 앞으로 앞으로
하나 되어 한 방향으로 나아간다
서로를 이기려 하지 않고
서로를 막지 않고
앞서지 않고
자기 자리를 지키며
분수에 맞게
서로를 존중하며
일정한 거리에서
일정한 시간 속에서
삶을 나누며
삶을 거둔다
구르는 두 개의 삶이
하나 되어 호흡한다

세상 속을 구르지만

세상 밖을 이야기한다

끝까지 한 몸 되어

영혼의 끝자락까지

꿈을 노래하며 달린다.

이루어진 꿈

-2002년 한일 월드컵 4강을 기념하며-

2002년 한일 월드컵의 진한 감동이 아직도 우리를 행복하게 한다.

23명의 월드컵 전사들!

그들의 이름으로 詩를 지으며 다시 한번 진한 감동을 느끼며 행복에 젖어본다.

우리들의 꿈★ 23명의 전사들!

★안정환 ★이천수 ★최용수 ★설기현

★최은성 ★김태영 ★차두리 ★최성용

★황선홍 ★유상철 ★윤정환 ★박지성

★이운재 ★홍명보 ★김남일 ★최진철

★이을용 ★송종국 ★이민성 ★김병지

★이영표 ★현영민 ★최태욱

그리고 6명의 지도자!

*감독: 거스 히딩크. *코치: 핌 베어백, 박항서, 정해성,
김현태, 최진한

정말 어찌할 수 없는

환희의 물결 붉은 파도

천지를 뒤흔드는 대~한민국

수많은 지구촌 가족 짝짝 짝 짝짝

용솟음치는 필승의 맥박이 오~ 필승 코리아

수없이 거리를 메우고 춤추고 얼싸안고

기 모아 힘 모아 하나 되어

현재를 넘어 미래의 별을 꿈꾼다.

은근과 끈기로 맺어진 땀방울

성실함과 순수함에 히딩크도 울었다

태양 아래 영그는 구릿빛 얼굴

영광을 향해 몸부림치며

두루두루 모두에게 적셔지는 벅찬 심장의 고동

리얼한 실전연습 파워의 분분초초

성공은 땀으로 노래하리라
용기 복돋우며 뛰고 또 달린다

선배들의 한 맺힌 첫 승 - 모두의 기다림
홍해 가르듯 시원히 갈라버린 첫 골 - 첫 승전보
상황이 어떻게 변할지라도
철저하게 준비된 모든 곳에서
정확한 그 자리에서
환상적으로 날려버린 헤딩 슛 - 골
지성이면 감천이라던가
성숙한 삼박자 슛이 가슴을 뚫어 버린다.

운명을 거부하는 몸짓으로
재빠르게 막아낸
명확한 판단의 철옹성
보이지 않는 포 . 이 . 스

남보다 한 발 더 나아가
일찌감치 보내버린 절망들
진정 그대들은 당대 최고의
철벽이어라

을지문덕 강감찬 이순신 장군도 놀라버린
용감한 전진을 보았다
종횡무진 움직이는 폭주 기관차들
국물도 샐 수 없는 완벽함
민첩성과 끈끈함이 어울림 속에
성스럽게 이룩한 골-골-골 그리고 막강 4강
병약함도 억누름도 아픔도 모두 날려버린
지금은 모든 게 만사형통 크게 웃자 하-하-하

영원한 축구인의 모습 대 한국인의

표상이어라

영광스러운 대-한-민-국

민족의 혼을 다시 일깨운 그대들이여!

태극 전사들의 빛이여! 영광이여!

욱일승천하여라.

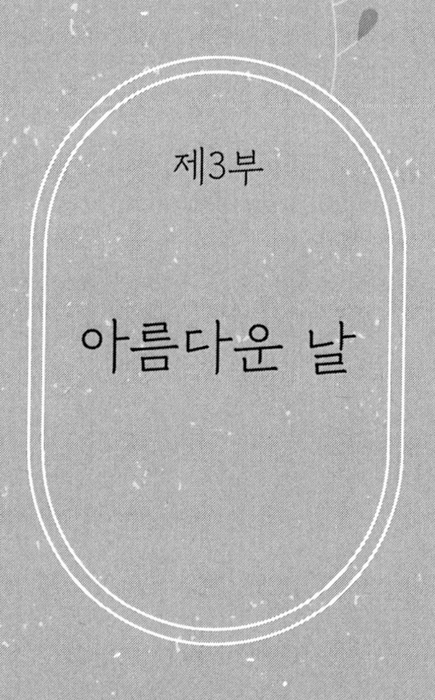

제3부

아름다운 날

봄

땅속 깊은 곳부터

신호가 온다

무딘 신경에 자극 주어

세포 하나씩 일으키고

살점 구석구석

간지러움 돋아 일어서게 한다

조금씩 조금 조금 올라오는

꿈 따라 삶도 올라온다

꿈을 만든다

다시 시작되는

새로운 희망을 타고.

목련

찬바람 사잇길로
시나브로 태(胎)를 열어
기다림에 화답하며
드러내는 고귀함

짧은 만남 위로하며
퇴색하는 깊은 여운
조금씩 남겨놓은 푸르른 작은 몸짓
아!
다시 기다려지는 그 숭고함.

벚꽃의 오후

한겨울 모진 추위 견디며
화사한 옷으로 다가와
네 이름 그대로 생각의 아름다움을
가슴에 품고
나의 창문에 봄눈을 뿌리는구나
너의 향기, 너의 숨결
너의 사랑으로 충만한 이때
하늘은 더욱 따사로운 입김으로
온누리에는 축복의 편지로
마음에는 순수함으로
충만 충만하구나
아~! 너의 사랑
널리 널리 퍼져라.

아침의 영광이여

다소곳 피어나는
찬란한 아침의 영광
불멸의 꽃이여!
영광이여!
성공의 노래여 퍼져라
아름다운 모습
그리고 자신감
그대의 꿈 펼쳐라
지금의 고난 고통 역경도
꿈속에서 녹고
새롭게 거듭나리라
그대 영광
그대 사랑
그대 행복
빛나라
영원토록.

환절기

낙엽이 발길을 세운다

모처럼 대화 속에서
가시가 돋고
크게 흔들리는 그리움은
초점의 상실
속 찢어진 빈 주머니에
쑤셔 넣은 손은
차가운 이슬의 결정체
찬 바람 일며 급하게 지나가는
긴 머리 흰 목덜미의 여인은
차라리 마네킹
찢긴 날갯죽지를 펄럭이는
불면(不眠)의 나비는
겨울의 재단사

수많은 문제는 던져지지만 해답은 없고
의문의 아지랑이는 갈 길을 잃고
어디선가 부르는 내 여인의 치맛자락
방황하는 걸음이라도
포옹할 수 있을까

혼돈의 머리를 흔들면서
완행열차는 움직인다.

아름다운 날

여명의 소망을 안고
새벽의 길을 품어 봅니다
조용히 가라앉은 숨소리는
적막한 시간속으로
님을 깊게 포옹하며 님에게
아름다운 사랑의 열매를 드리며
성스러운 시간 속에서 님을 위해
절대자의 은총을 품으며 무릎을 꿇습니다.

나에게 주어진 사랑의 이웃들
그 가운데
그 한 가운데
삶을 노래하는 세계 속으로
나를 돌아보고
님을 생각하게 하는 희망봉을 봅니다.

한 글자
또 한 글자 섬세히
때론 격렬히
때론 아스라이
삶을 노래합니다.
견딜 수 없는 꿈의 노래는 나를
하늘 끝까지 날게 합니다
용광로 같은 몸부림은 나를
열정 속에서 타오르게 합니다.

하루를 짧게 만들어 버리는
님의 시간은
땀과 보람의 찬란한 결정체입니다.
그 길에서 찾아내는 열매는
언제나 님의 사랑으로 가득 차 있습니다.

내일도

님의 숨소리는 격정으로

뜨거운 하루로 수를 놓아갈 것입니다.

결실의 노래들이 님의 주위에서

가슴 벅찬 하모니를 이룰 것입니다.

언제나

모든 날이

당신의 아름다운 날이 되기를.

지금은

비 내리는 오후
긴장이 풀어지고
졸음을 이길 수 없는 시간
초침은 한발씩 가는데
시간은 멈춰 있다
앞에 있는 삶의 노래는 여전히
음율을 잊은 채 비를 부르며
오늘의 일들을 재촉하는데
지나간 자그마한 고달픔이
삶을 되새기게 한다
일어나 생활의 기력을 얻어본다
내가 나를 향한 힘으로
일어선다
지금은.

2004.7.8. 줄기차게 내리는 비를 보며

폭우

하얀 장막이 거침없이 펼쳐지는데
생각은 물줄기 따라 끝없이 흐르네
희뿌연 물보라가
바람 따라 오르내리고
좌우로 춤을 추다가
땅속 탈출구를 찾아
거친 소용돌이를 치며
가쁜 숨을 몰아 쉰다

그냥 맞으면 된다
아무것도 필요 없다
우산 비옷은 무거운 삶이다
거추장스러운 짐을 벗어 버리고
축축이 온몸을 적셔라 흠뻑흠뻑

목마름에 헉헉대던 붉은 태양도
땀도 나무도 그늘마저도
너 그리고 나도 우리 모두도
이때다 마시고 마셔라 벌컥벌컥

어두워지는 하늘과
희뿌연 검은 나무들
터벅터벅 걷는 체념의 걸음들
모든 삶을 맡겨 버린 채
잠시 꿈을 흘려보낸다

한낮의 어두움은
천둥과 번개로
하늘의 존재를 알리고
한 치의 공간도 보이지 않는

물의 장막이 펼쳐진다

아, 너무 어둡다

정오가 자정이 된 듯

종말의 시작을 알리는 듯

공포의 느낌이

등골에서 온몸으로 퍼져간다

퍼붓는 상한선을 잊은 지 오래

쭈뼛 소름이 돋는다

위험지역 대피, 외출 자제

대국민 안전 메시지도

거친 물살 따라 흘러간다.

2017. 7. 23. 오전내내 퍼붓는 빗줄기를 보며.

가을

높고 푸른 하늘에서

“뚝”

잘 익은 사랑 하나

내 마음에 떨어졌다.

아주 작고 작은 사랑의 씨앗

작은 귀퉁이에 떨어져

삶과 꿈을 키우고

뜨거운 역경을 가슴에 안고

가시덤불과 같이 걸으며

거절과 고난까지도 품으며

열정을 가지고 달려왔다.

감동은 황금벌판에 물결치고

마음은 하나 되어 열매로 주렁주렁

사랑은 더욱 뜨겁게 온 산을 물들인다.

높고 푸른 하늘에서

잘 익은 사랑들이

모두의 마음을 풍성하게 한다

이 가을에.

단풍

그리움에 물들어

사랑 꽃이 피었나

잠시 붉게 타오르다

바람 되어 날아가려나

품 안에 남겨둔 그리움 하나

이 가을 가기 전

뜨겁게 타오르리라.

고독

마지막 잎새

차가운 하늘에 구름 한 점

홀로 떠가는 종이배

하나 남은 감

쪼아대는 까치

돌담 밑에 앉아 땅만 보는 소년

외로운 가을

저녁노을이

가슴에 적셔진다.

가을비

폭염을 씻어내는 너는

한여름의 희열을 곱게 물들이는

찬란한 손님인가

정열의 시간을 떨치지 못하고

청량의 바람이 머문 문턱에서

주저주저하며 눈물을 짓는가

쏟아져 내리는 그리움이여

서러움에 잠긴 추억이여

가슴을 울려대며

세상을 울리며

부끄러움도 수줍음도 촉촉이 적시며

먼 하늘 빈 둥지를 꼭 끌어안고

그대 가슴에 따스함 남기며

가슴 속 떨리는

사랑의 잎을

뿌려봅니다.

2003.8.23.

낙엽

지고한 숨결
부동의 웅장함
뜨거운 가슴으로의 포옹
터뜨리는 찬란함
청천(青天)을 물들인 내심의 심연(深淵)
자아 상실의 창조가 꿈틀대는 격랑의 삶
내면, 내면으로 삼키며
끝내 토해내는 재생(再生)의 의욕
삶의 창출을 수(繡)놓아 가는
인고(忍苦)의 옷자락
차가움이 솟아나는 세월의 흐름 속에서
외침 몸부림 땀 고뇌로 일구며
자위(自慰)를 외면한 나신(裸身)의 철학
빛이 중심을 잃고 대지를 덮으면
꿈틀대던 욕망이 날갯짓한다.

은행잎

푸른 꿈 머금은 날개를 펼쳐

역동의 몸짓으로 새벽을 열면

가슴속 찾아든 사랑을 안고

날마다 새롭게 아침을 연다

찬란한 시간의 흐름 속에서

순간 순간 소중한 열매 달릴 때

성숙한 자태로 변모해간다

황금빛 포근한 희망을 안고

따스한 날갯짓에

늘 환한 미소가.

갈대

고요를 부르는

작은 흔들림 속에

발끝까지 전해지는

짜릿한 그리움

가녀린 바람

마음에 다가오면

솟아나는 사랑 이야기

거친 비바람

부드러운 흔들림으로 품으면

더욱 강해지는 사랑의 몸짓들

부드러움이 강하다고

부드러움이 이긴다고

서로에게 속삭이며

금빛 너울너울 펴져가는 춤사위

사랑을 부르는

벅찬 흔들림 속에.

첫눈

그리움이 언어(言語)되어 꿈틀대며 일어선다.

회색 공간을 가르며 물음표가 쌓이면
숨어있는 약속들이 하나둘씩 깨어나
던져진 멜로디에 부르르 몸을 턴다
안은 추워도 밖은 사랑스럽다

책갈피 속에 먼저 내리는 첫눈.

눈(雪)과 눈(眼)

눈빛 멈추는 행로의 모퉁이에서
기다리는 점 하나 춤추듯
자세히 보면 꽃이다
눈빛이 본 눈꽃, 반갑다
눈꽃을 보면 눈빛이 희열의 빛깔이 된다
빛으로 타오르는 눈
꽃으로 피어나는 눈
눈꽃을 바라보는 눈길이 따스하다
따스함과 차가움이 교차되는 순간
눈꽃이 눈빛을 타고 눈물 되어 흐른다
눈물이 된 눈꽃, 반짝인다
눈과 눈 사이에서 반짝이는 빛
빛으로 수놓는 눈
물로 안아주는 눈

눈꽃을 그리워하는 눈빛이 되고

눈꽃이 사라져 눈물이 되는

눈꽃과 눈빛 사이에 봄의 노래가 흐른다.

제4부

시(詩)를 찾아서

출발

우린 늘 출발한다

여명으로 시작된 출발은

새로운 아침을 안고

희망의 부푼 꿈을 안고 출발한다

만나는 사람들과 시작은

웃음으로 출발한다

때로 어려움과 고통이 있더라도

소망이 주는 기쁨을 안고

이기고 또 이기며 출발한다.

정열과 사랑으로

하고자 하는 의욕으로

사람과 사람들 사이에서

삶의 보람을 만끽하며

싱그러운 열매를 안고

마음의 고향으로 출발한다

별이 빛나는 하늘 아래

내일의 여명을 안고

깊은 밤으로 출발한다.

모두가 사랑 속으로

출발

좋은 분들과 함께.

새벽 비

새벽 공기를 가르며
차가운 대화를 나눈다
시작은 알 수 없으나
마지막은 가슴을 적시며
내 곁에서
내 속에서
깊은 사랑의 흔적을 남긴다
어디로 가는 것인지
어디서 멈출 것인지
어디에서 일어날 것인지 모르나
가는 것은 사랑이요
멈추는 것은 기다림이요
일어나 다시 보는 것은 그리움이다

여명이 다가오는 순간

하나가 되었다

뜨거움과 차가움이 얽혀.

한 솔

깊음이 바위를 뚫고 푸른 절개를 낳아

하늘로 하늘로 오르는 창연한 열정의 날개

차가움이 살을 파고들고

싸늘한 세파의 비바람이 뼈를 갉아도

속으로 속으로만 삼키고

당당히 일어서는 거대한 산맥 위에 자태

세상을 품어 새로운 세상을 만들어 내고

사람을 세워 사람을 이롭게 하는 하나의 정신

한 솔가지 끝에 걸린 한 방울의 이슬에도

그 정신이 살아 삶을 변화시킨다.

순간순간을 가장 고귀하게

분분초초에서 오늘로 그리고 미래로 나아가는

꿈의 노래 속에서

승화된 승리의 결정체를 뿜어낸다.

숨

새벽빛이

하늘을 열고 삶을 깨운다

어제의 시간을 타고

오늘로 달려온 꿈들이

현실에서 또 다시 어제의 미완성을

툭 던져 놓는다

빛이 들어온 방 안은 아직 어둡다

몸을 깨우지 못하고

의식만 오늘의 꿈을 깨우려고

몸부림친다

어젯밤에 잃어버린

대화를 찾고자 발버둥치지만

발끝에 머문 벽이 너무 높다

무관심은 욕망마저 길을 잃게 한다

본능적 육욕의 냄새는 어디 갔을까

말초신경을 자극했던

강한 욕망은 오르가즘을 업고

어제의 시간을 타고

스스로 위안을 삼고 흔들며

더 먼 과거로 사라진 것일까

되돌릴 수 없는 과거의 숨소리가

오늘까지 이어져 숨 쉬고 있다

늙은 엄마의 잔기침에 시간이 놀란다

밖은 환한데 안은 아직 어둡다

정지된 시계에서 초침이 까닥거린다

시간은 더 앞으로 가지 못하자

의식을 깨우기 시작한다

달린다

다시 시간은 숨을 쉬면서 달린다

꿈, 땀, 밥

가장 밑바닥의 이야기들이

같이 따라오며 시간을 장식한다

흐르는 땀은 눈물 되어 가슴을 적신다

아직도

나는

거친 숨을 쉬려고 한다.

부서짐

땅이 부서져야 씨를 뿌리고

밀이 부서져야 맛난 빵을 만들고

향이 부서져 떨어져야 향내를 발하고

초가 녹아 부서져야 어둠을 이기고

상처를 부서져야 좋은 일이 생기고

고통을 부서져야 축복이 오듯이

내가 부서져야 새로운 내가 우뚝 서겠지

오늘도 부서짐을 만나러 몸부림칩니다.

그 빛을 찾아

난 무엇인가에 끌려가고 있다.

과거의 잘못된 수치심이 날 갉아먹고 있다

과거 속에 있는 나지만

과거를 벗어나

미래로 떠날 수 있는 기회를 갖는다

원한과 분노가 용서를 통해 벗어난다

내가 스스로 가둬놓은 두려움에서 벗어나려고 발버둥 친다

더 많은 것을 가지려고 꿈을 꾸지만

많은 가치가 사라져간다

어지러운 군상 속에서 인정 받으려고 애쓰지만

삶의 흔적들이 널브러져 날아간다

나는 무엇이 되려고 발버둥을 치는가

무기력증이 나를 가라앉힌다

심령술사의 모호함이 내 주위를 어지럽힌다

그래서 빨리 가능한 한 아침 일찍 아니 더 이른 새벽에

내가 가야 할 길을 찾아야 한다

가장 큰 비극은 죽음이 아니라

내가 가야 할 길을 모르고 있다는 것이다

그것은 단순한 길이다

아직 평범하고 단순한 것이 풍성한 것이다

거기에 촛점을 맞추어 불을 지펴야 한다

자주 산란해지는 마음을 데우려면

불꽃을 모아 불꽃 끝에서

빛을 창출해야 한다

모아진 빛은 열정을 낳는다

그 빛이 영원히 사는 길을 알려준다

그것이 힘이다

지금 내가 영원히 어디서 살 것인지 알려주고
영원히 무엇을 할지 알려줄 것이다.
그 빛을 찾아 떠난다.

뱃길

님
달려온 길
자취 없어
돌아볼 여유 없이
달려가야 할 삶
보이지 않는 하늘
비치는 태양
땀 흘린 이곳
열매 없이 꽃 피는 시간들
익어가야만 하는 열매를 찾아
앞으로
앞으로.

시(詩)를 찾아서

세상 만물 모든 것이 뜨거운 언어 되어
삶 속 구석구석에서 강렬하게 압축되면
순결 따라 내려앉는 태양의 조각들

깊은 밤 조용히 내려앉는 침묵에
선 듯 다가가지 못하고
입술로만 그려보는 삶의 노래

삼라만상 모든 것
마음 깊숙이 닻을 내려
우주를 덮고도 남을 삶의 편린(片鱗)들

태양보다 더 뜨거운
희로애락의 소용돌이 휘감아 돌고 돌아
우주의 밤보다도 더 차가운

고저장단의 사고(思考) 속에서
삶을 열어가는 작은 언어들

자꾸 작아져
더 이상 더 작아질 수 없을 때
조금씩 커지면서
더 이상 더 커질 수 없을 때
그 작고 큰 사이를 오고 가는
오묘한 삶의 흔적들.

하늘로 하늘로
점이 되어 보이지 않는
그 순간 순간까지
가슴 속
가슴 속 깊이 더 깊이

삶의 노래와 사랑이 담긴
아름답게 응축된 마음

이해가 아닌 믿음의 길을 찾아
기도하며 더 낮고 낮은 곳으로
동경(憧憬)하는 그곳 갈 때까지.

네트워크(Network)

보이지 않는 그물에서 움직인다
공간 매듭을 잡고 나아간다
빠르게 아주 빠르게
때론 여유롭게
때론 멈춰서 엔터를 누른다
그물이 출렁인다
매듭이 닫으면 그물이 썩어간다
매듭이 터지면
공간 속으로 날아가 모든 게 사라진다

깊은 호흡으로 길을 새롭게 한다
지금 바로 지금항(只今港)을 떠나라
항구는 연결하기 위해 존재하는 곳
거대한 바다
현실양(現實洋)에 그물을 던져라

열정의 클릭 단추를 눌러라

빠르게 두 번

미래항(未來港)이 보인다

거대한 그물에서 모두가 하나 된다

그물은 이어져 이어져 가고

나아갈 길은 끝이 없다.

달팽이

멈춰진 시간을 업고
천천히 아주 천천히
달빛을 찾아가며
집 한 채 옮긴다.

잊힌 생각을 품고
조금씩 아주 조금씩
이리저리 둘러보며
집 놓을 곳 찾는다.

숨겨진 꿈을 보고
느릿느릿 아주 느리게
앞만 보고 나아가며
땀에 젖은 길을 남긴다.

함박산을 오르며

귀로만 듣던 산
몸으로 느끼고자 오른다
이런저런 핑계로 미루고 미루다
산이 거기 있기에 올라야 한다는 어떤 진리를 품고
삶의 완급을 조절하며 한 발씩 다가선다.

조금씩 숨이 차다
오르면 오를수록 한 그루 한 그루 나무들이
신록의 숲이 되어 가슴속으로 들어와
숲 향기 가득 찬 숲길을 만들어 놓는다.
땀이 흐른다
가까이 있으면서 왜 이제 왔냐는 듯
사방에서 다가오는
야생화, 잡초, 나무, 바위들의 함박웃음
그리고 함박산의 함박웃음.

천지가 개벽해서 세상이 물에 잠길 때
이곳만 함지박만큼 솟아올랐다는
전설의 함성이 들려오는 듯
바람도 머물면서 함박웃음 터트린다.

정상이다
동서로 뻗어 내린 주능선 따라
고개와 봉우리 그리고 산 산 산
모두가 하나 되어 그 자태를 드러낸다
골짜기마다 숨겨 논 옛이야기들
졸졸졸 흐르는 물길을 따라 조금씩 풀어내며
신비한 기운이 감도는 신기저수지에 모여든다.

남동고을 상아탑 한 아름 가득 품고
미래의 꿈 펼치는 도시의 희망봉을 따라

천릿길 마다 않고 찾아온 천 리 고을
그곳의 사람 냄새 흙냄새가 산을 감싼다.
나는 옛 향기 품고 함박산 위에서
마음속의 함박산을 다시 오른다.

산에 오르면

산에 오르면

하늘이 들어온다

하늘바람이 수놓은 옷자락으로

겹겹이 쌓여있는

삶의 부스러기들을 털어내고

찌든 주름 골짜기 따라 머무른

빨간 수고들을 파랗게 물들인다

가쁜 숨소리에 내비치는 핏줄의 웃음

갈등의 격랑속에 가라앉은 피곤의 흔적들

무너져 내리는 상념의 사다리

순간 "푸드득"

이름 모를 산새들의 놀람에

산은 기지개를 켜고

삶은 산속에서

산은 삶 속에서 제 신발을 찾아 신는다

산을 내려오면

산은 심장 속에서 뛰고 있다.

묘지에서

무거운 바람이 멈춘 역사의 산 중턱
무념(無念)의 작은 공간은
삶에서 쏟아진 아우성의 흔적이 있다
떠나보내고 떠나버린 자취에는
애증(愛憎)의 숨결이 남아 있다
인연이 정으로 연결되는
마디 마디에는 눈물의 샘이 흐른다
재회의 꿈은 허상이나
재회의 삶은 언젠가 오리라
흰 국화 하늘 향한 몸짓
따라가는 삶의 여한들
가까이 갈 수 없었던
품어 줄 수 없었던
아쉬움의 고리들

이제 달려갈 길 마치고

믿음을 지킨 자리에는 또 다른

푸른 생각들이 자라고 있다.

출석 수업

별빛 친구 다가오는

낙엽의 숙소에서

잉크냄새 채 가시지 않는

삶의 한쪽 한쪽을 넘기면

자연스레 나타나는 부싯돌 불빛

아! 튀는 생각

망막에 초점으로 모여지는 상념

밤과 함께 영그는 숱한 생각들

고개 숙인 벗님들 사이로 오가는

꿈의 노래들

흐르는 별의 선율과 포옹하며

삶의 열매에 당도를 높이면서

서서히 쌓아 올라가는

열정과 고뇌의 발자취 속에

풍성히 쌓인 땀의 열매들

박차고 나가는 대로(大路)에 뿌려지는

-꽃가루-팡파르-환호성-

시공(時空)을 넘나들며

미래를 맞이한다.

차 한 잔의 여유

무엇을 그리려고 모락모락 오르는지
저 홀로 담아내는 푸른 추억 물무늬
시공(時空)에 수 놓으며 세상을 그려본다

조용히 다가서면 피어오르는 선율
입술보다 깊은 사랑 마음속 가득 채워
온몸에 스며드는 잔잔한 연인의 꿈

한 폭의 잎새 언어 잔 속에 스며들고
수채화 그리며 풀어내는 삶의 갈증
녹빛에 젖어드는 아! 따스한 행복.

장독대

옹기종기 머리 맞댄 독들이 모여
독 한 삶 풀어낸다

내 한 몸 물처럼 스며들어
맛을 더해주는 나야말로
희생과 사랑을 주는 천사라네
간장 독이 으시댄다

무슨 소릴
매콤달콤 씁싸름 온갖 맛과
촉촉하게 적셔주는 고운 자태로
식탁을 풍요롭게 해주는 내가
감칠맛의 전령사지
고추장 독이 자랑 만발이다

허허허

된장 독의 헛기침

야, 니들 간장 고추장

나 없이 되는 줄 아나

건강을 지켜주는 내가

바로 최고란다

흥, 아무리 떠들어 봐야

나 없으면 너희들 없다

세상 모든 음식에 기본은 나야 나

소금 독이 목에 힘주고

지그시 눈을 감는다

구석에 있던 조그마한 빈 독

왜들 이러시나

욕심이 많으면 고민이 많은 법
다 비우시게 다 비우라고
빈 독이 돌아눕는다

하늘에서 내려준
하얀 모자를 쓰고
추운 밤 따뜻한 겨울 이야기를 하는
독 한 삶.

다림질

구겨진 시간들이

삶의 모퉁이에서 멈칫거린다

두 줄 세 줄

어디서부터 생긴 것인지는 모르나

교차된 생각들이 어수선하게

구겨짐을 더욱 구겨지게 한다

책을 편다

구겨진 길들이 책 속에서 길게 뻗어간다

시간을 책 속에 넣고 구김을 편다

구겨진 생각들이 주름을 펴며

시간 속으로 내달린다

달린다

웃는다

펴지며 뻗어가는 길 따라
구겨진 시간들이 달려간다

밖은 따스한데 안은 춥다.

연등(燃燈)

삶 속에 가득 담긴
더러운 것들
무슨 꽃을 피워낼 수 있을까
가슴 가득 욕심 안고
합장(合掌)한 손끝에선
허황된 웃음만 흐른다
또 무엇을 바라며 손을 모으는가
비우고 비워내도 또 다시 차오르는 욕망
시간이 주는 아쉬움은 자꾸 흐르는데
그래도 꽃을 피워야만 하기에
다시 가다듬고 두 손을 모은다
연꽃을 보라
보이지 않는 더러운 물속에서
악취 나는 흙 속에서
마음 내리고 뻗고 있지 않은가

연꽃이 불을 밝힌다

내 마음을 밝힌다

공중에 파문을 던지는 부활의 마음이

나의 삶을 밝힌다.

2016.4.30.

아침 신문

아침을 열면
쏟아지는 새벽별
간밤에 내려앉은
별들의 별난 별별 이야기들
별별 부스러기들
모세혈관 깊숙이까지
스며들며 시나브로 차오르는
별의별 대화들
아침을 정리하여
이불속에 넣어두면
별빛으로 물든 얼굴 얼굴들
별이 꿈꾸면
밤은 사라지고
별이 빛나면
아침은 새롭게 나타난다.

지금 나의 우물은

시원한 물 한 잔을 마시려는데 누군가 붉은 물감 한 방울을 떨어뜨렸다.

갖가지 신기한 모양을 그리며 퍼지는 불그스름에 넋 잃고 쳐다보는데 순간 유리잔은 온통 붉게 변해 버렸다.

시원한 내 마음의 푸르름은 어디로 갔을까
서로를 바라보며 웃음짓던 시원함
가슴을 아름답게 가꾸며 살아가는 시원함
세상을 환하게 밝게 하던 시원함
평화와 사랑의 빛을 비치던 시원함
모두가 벅찬 희망을 갖게 하던 시원함
그 시원함이 사라지고 답답한 붉음이 나의 숨을 틀어쥐고 있다
서서히 변질되어 무감각하게 하는 답답함

조금씩 조금씩 정신을 혼곤케 하는 답답함
선동과 무질서로 삶을 옥죄고 있는 답답함
어느 순간 그 답답함이 내 삶으로 되어가고 있는 것은 아닌가

내가 즐겨 마시던 우물로 달려간다
시원함이 많이 줄어들었다
왠지 모르게 울컥하며 답답한 목에서 목숨을 건져낸다
그 답답함에는 세상을 뒤집으려는 가시가 있다
겉은 평화로운데 속은 너무 음흉한 혼란전술을 쓰고 있다
옳고 그름을 알 수 없게 하는 답답함으로
나는 꼭두각시의 그림자가 되려 한다

우물의 물을 퍼낸다

아름답던 그때를 그리며 답답함을 퍼올린다

그 우물을 바다로 만든다

바다는 너무 넓고 깊어

수 억 방울의 답답함을 떨어뜨려도

조금도 변함이 없다

흔들림이 없다

수많은 시원함이 바다를 만들고

바다는 시원함으로 인해 푸르름이 차고 넘친다

지금 나의 우물에 바다가 있는가?

`91

상념(想念)

- '91

흑점(黑點)

커지면서 다가와

지쳐버린 육신을 덮었다가

작아지면서

수면하에서 잠꼬대

두 평 남짓한 어둠의 공간에서

뒤척이던 몸뚱아리

토막 난 고기처럼 파다닥

긴장(緊張) 일다

저마다의 아우성에

침묵으로 노래하는 나신(裸身)들

늙은 손끝을 타고

모세혈관을 따라

몸속 깊숙이까지 파고들어

심장을 흔들어 놓고

낙엽으로 덮어버린 고통의 잔재

빛-이-다

숨-쉬-다

삶을 외면한 채

돌아눕는 목소리

서로를 모르고 지낸 수년

어지러움이 뒤흔드는 머릿속에서

운명을 노래하는 군상들

이 시간

흔들리는 잔영(殘影)에

실빛이 바람에 엉긴다.

그날 밤, 골고다

태초에 빛이 흑암 속에 묻혀버린 오후
일찍 시작된 밤으로
피 - 땀 - 눈물
바짝 말라 엉켜 더 이상
흐느낌도 없는 고요함
죄 있음이 죄 없음을 모르는 무지(無知)의 소란함도
판 자와 산 자의 입다묾에 담겨 닫혀지고
어찌할 수 없는 양떼들 흩어져
소리 없이 우는데
감람의 결사적 기도는 가야 할 길만 알려주셨네
찢긴 휘장 사이로 내민
진분홍이 흰 눈 되어 밤을 밝히는데
더 이상 나아갈 수 없는 어둠의 경계선
다듬지 않은 나무이기를 거부한 십자가는
내가 지고 가야 할 삶의 무게

목적지 도착을 알리는 승천의 예고는

다•이•루•었•다

주신 새로운 빛의 시작인 것을.

한국기독교문화예술총연합회 주최

제3회 신앙시 공모 특별상 수상작.

1999. 6. 4.